# OS DEUSES DE CASACA

COMEDIA

PÔR

MACHADO DE ASSIS.

**RIO DE JANEIRO.**

TYPOGRAPHIA DO IMPERIAL INSTITUTO ARTISTICO

Largo de S. Francisco de Paula n. 16.

**1866.**

todavia    \C ItaúCultural

# Machado de Assis

—————

# Os deuses de casaca
## Comédia

Organização e apresentação
Hélio de Seixas Guimarães

————————————————

Todos os livros de Machado de Assis

7.

# Apresentação

17.

# Sobre esta edição

21.

# –– Os deuses de casaca ––

89.

# Notas sobre o texto

91.

# Sugestões de leitura

93.

# Índice de cenas

# Apresentação

### Hélio de Seixas Guimarães

*Os deuses de casaca* é o quinto livro publicado por Machado de Assis, o quarto dedicado ao teatro, imediatamente antecedido por sua primeira coletânea de poemas, *Crisálidas*, de setembro de 1864. Ele começou a circular no Rio de Janeiro no início de 1866 em publicação da Tipografia do Imperial Instituto Artístico. Já em 7 de janeiro desse ano, a *Semana Ilustrada* saudava a publicação da peça, "uma grande prova do talento robusto, do gosto ameno, do critério invejável do seu autor", o que, segundo o jornalista, era especialmente bem-vindo num ambiente teatral dominado pelas traduções.

De fato, elas eram numerosas, como se nota pela própria atividade de Machado de Assis como tradutor de várias obras do francês e como censor do Conservatório Dramático, onde frequentemente dava pareceres sobre a propriedade ou não da encenação de peças estrangeiras, que apareciam em quantidade muito superior à das nacionais.

O livro traz nas suas páginas iniciais uma advertência que também ajuda a compor o ambiente editorial, literário e teatral do período: "Esta comédia não pode ser representada sem licença do autor". A necessidade do aviso sugere que seria comum a prática de representar peças sem licença e indica também a preocupação com a questão da autoria, num momento em que ainda não havia dispositivos legais claros relativos aos

8

direitos de autor, que só ganhariam legislação específica na década de 1890.

Apesar de cioso do uso de seus escritos, Machado de Assis caracteriza seu texto com muita modéstia: "Uma crítica anódina, uma sátira inocente, uma observação mais ou menos picante, tudo no ponto de vista dos deuses, uma ação simplicíssima, quase nula, travada em curtos diálogos, eis o que é esta comédia". A peça havia sido escrita em 1864 para ser representada num dos saraus literários organizados pelos irmãos Joaquim e Manuel de Melo, na mesma casa da rua da Quitanda onde foi representada a comédia *Quase ministro*, em 1863. Como fica explicado no texto de apresentação da primeira edição, reproduzido aqui, a encenação só não ocorreu devido a "um desastre público", um temporal acompanhado de granizo que quebrou os postes da iluminação das ruas, deixando o Rio de Janeiro inundado e às escuras.[1]

Apesar de considerá-la "desambiciosa", Machado de Assis não a engavetou. Aproveitou o tempo para aperfeiçoar o texto, que só seria encenado pela primeira vez no final de 1865, por atores amadores, em sarau organizado pela Arcádia Fluminense, sociedade literária e musical de vida curta, mas muito marcante na juventude do escritor. Ele mesmo tratou de registrar nas páginas do *Diário do Rio de Janeiro*, onde ganhava o sustento desde 1860, trabalhando sob direção de Saldanha Marinho e Quintino Bocaiuva:

1.   Raimundo Magalhães Júnior, *Vida e obra de Machado de Assis*. 2. ed. rev. e ampl. pelo autor. Rio de Janeiro: Record, 2008, v. 1, p. 188.

A fundação da Arcádia Fluminense foi excelente num sentido: não cremos que ela se propusesse a dirigir o gosto, mas o seu fim decerto que foi estabelecer a convivência literária, como trabalho preliminar para obra de maior extensão. Nem se cuide que esse intento é de mínimo valor: a convivência dos homens de letras, levados por nobres estímulos, pode promover ativamente o movimento intelectual; a Arcádia já nos deu algumas produções de merecimento incontestável, e se não naufragar, como todas as cousas boas do nosso país, pode-se esperar que ela contribua para levantar os espíritos do marasmo em que estão.[2]

A participação de Machado de Assis é mais um registro dos fortes laços e da convivência intensa que manteve desde muito jovem com a comunidade de imigrantes portugueses radicados no Rio de Janeiro, que incluíam Ernesto Cibrão, Insley Pacheco, os irmãos Joaquim e Manuel de Melo, Francisco Ramos Paz e Faustino Xavier de Novais, entre muitos outros.

As atividades dessa associação coincidiram também com os primeiros contatos com Joaquim Nabuco, com seus quinze, dezesseis anos, que resultariam numa amizade que atravessaria a vida de ambos. No início da década de 1880, os dois participariam das comemorações do tricentenário de morte de Luís de Camões e, no final dos anos 1890, da fundação da Academia Brasileira de Letras, da

2. Machado de Assis, "Semana literária". *Diário do Rio de Janeiro*, Rio de Janeiro, 9 jan. 1866, p. 2.

qual Nabuco seria secretário-geral e Machado de Assis presidente vitalício.

Quando publicada, a peça foi dedicada a José Feliciano de Castilho, num gesto muito significativo: ele era presidente da Arcádia Fluminense e irmão de Antônio Feliciano de Castilho, nome de enorme destaque na cena literária portuguesa, naquela altura em grande evidência pelo embate com jovens estudantes de Coimbra, numa polêmica que ficou conhecida como Questão Coimbrã. De um lado estava Castilho, representante do classicismo e do romantismo português, e de outro, Antero de Quental, Teófilo Braga e Vieira de Castro, defensores da poesia realista, pautada pelas novas ideias científicas que agitavam a Europa. A afinidade maior era com Castilho, que "tão paciente e luzidamente tem naturalizado o verso alexandrino na língua de Garrett e de Gonzaga".

Dois anos depois da publicação de *Os deuses de casaca*, Antônio Feliciano de Castilho ofereceu a Machado de Assis um exemplar de uma de suas traduções com uma dedicatória: "Ao Príncipe dos Alexandrinos, ao Autor dos Deuses de Casaca, a J. M. Machado de Assis". O epíteto "príncipe dos alexandrinos", que muitos anos mais tarde ficaria associado a Olavo Bilac, era atribuído a Machado de Assis pelo seu gosto por esses versos longos, de doze sílabas, que praticou largamente em sua poesia, defendeu em vários de seus textos e empregou na construção desta peça.

O dramaturgo vinha embalado pelo sucesso dos "Versos a Corina", poema com 413 versos alexandrinos, que haviam sido publicados em *Crisálidas* (1864) e foram "bem recebidos pelos entendedores", como escreve no prólogo da peça. O poema foi dos primeiros textos de sua autoria publicados em Portugal, contribuindo para a boa reputação que conseguiu, já na juventude, entre literatos no além-mar.

O título *Os deuses de casaca* descreve a intriga da peça: sete personagens da mitologia clássica, descidas do Olimpo, se deparam com a vida moderna, num tempo e espaço não determinados, mas muito próximos do lugar e da época em que a peça foi publicada. A vida moderna está simbolizada pela casaca, traje corrente, completado com "um relógio, um grilhão, luvas e *pince--nez*", e também pelo comportamento dos homens oitocentistas, motivo de escândalo para Júpiter, que a certa altura diz: "É o escravo da moda e o brinco do capricho".

Como na comédia anterior, *Quase ministro*, e por exigência dos anfitriões do sarau, que só permitiam a presença de homens nessas reuniões, todas as personagens, desta vez nove, são masculinas. Entretanto, as mulheres estão muito presentes na peça, metonimicamente referidas pelas "saias-balões", peças muito valorizadas do vestuário feminino, e pelas referências a Vênus, Juno, Hebe e Diana, que, mesmo fora da cena, movem os deuses.

A ação se abre e se fecha com a intercessão dos personagens Prólogo e Epílogo, respectivamente. O Prólogo anuncia: "Verão do velho Olimpo o pessoal divino/ Trajar a prosa chã, falar o alexandrino,/ E, de princípio a fim, atar e desatar/ Uma intriga pagã".

A peça em um ato e treze cenas é escrita em alexandrinos, os versos que, como ficou dito, despertaram a atenção de Antônio Feliciano de Castilho e que Machado de Assis praticou e defendeu ardorosamente durante toda a vida, a despeito das críticas de amigos, como Bernardo Guimarães e Faustino Xavier de Novais, avessos a esse tipo de verso. Considerados por muitos como longos demais, pouco sonoros, aproximados da prosa e estranhos à tradição luso-brasileira, seu uso foi um divisor de grupos no século XIX, tanto no Brasil como em Portugal.

Nesta peça, os alexandrinos às vezes aparecem quebrados em mais de uma linha, às vezes só se completam emendando falas de personagens diversos, o que obriga a um ritmo de elocução que deve produzir efeito interessante quando encenada.

Mas as extravagâncias das figuras olímpicas criadas por Machado de Assis não se limitam ao falar alexandrino. A maioria delas tem nomes latinos e algumas chegam a fazer referências à cultura cristã. A peça versificada também traz comentários sobre a contemporaneidade, como a menção a Francisco Solano López, presidente paraguaio que foi pivô da Guerra do Paraguai, então em pleno curso. Até mesmo Corina, personagem dos "Versos a Corina", poema responsável pela fama que Machado de Assis obtivera como poeta no início dos anos de 1860, é mencionada como nova encarnação de Juno, na mitologia romana esposa de Júpiter e rainha dos deuses.

As comparações entre o mundo antigo e o moderno vão se acumulando: a Atenas de outrora agora é Paris, Londres é Cartago; a Vênus nascida da espuma do mar agora nasce na escumilha; Cupido abandona as asas e anda a cavalo; a velha guerra é substituída pela diplomacia, atividade que, para Marte, é baseada no "mútuo engano".

Os hábitos oitocentistas também são ridiculariza-
dos pela mania dos álbuns, grande inimigo e terror dos
poetas, frequentemente assediados pelas colecionado-
ras de poemas e assinaturas, como diz Apolo:

O poeta estremece e sente um calafrio;
Mas o álbum lá está, mudo, tranquilo e frio.
Quer fugir, já não pode: o álbum soberano
Tem sede de poesia, é o minotauro. Insano
Quem buscar combater a triste lei comum!
O álbum há de engolir os poetas um por um.
Ah! meus tempos de Homero!

O maior espanto talvez se dê com a supremacia do
papel, que está em toda parte — no dinheiro, nos con-
tratos, na diplomacia, no casamento e principalmente
na imprensa, em que se torna uma arma política —,
como diz Marte:

Que acontece daqui? É que nesta Babel
Reina em todos e em tudo uma cousa — o papel.
É esta a base, o meio e o fim. O grande rei
É o papel. Não há outra força, outra lei.
A fortuna o que é? Papel ao portador;
A honra é de papel; é de papel o amor.
O valor não é já aquele ardor aceso:
Tem duas divisões — é de almaço ou de peso.
Enfim, por completar esta horrível Babel,
A moral de papel faz guerra de papel.

Aos poucos as divindades vão se habituando aos novos tempos e à nova vida, reconciliando-se com os

homens. Cupido, o sedutor, é o primeiro a se conformar à nova condição terrena e humana, fascinando-se pelo rumor e pelo aparato. Marte torna-se publicista, adotando a imprensa e o jornal como suas armas de guerra. Vulcano, por sua vez, muda de profissão: de forjador dos raios de Júpiter torna-se fabricante de canetas, as "penas de aço" fundamentais na civilização do papel. Apolo torna-se o rei da poesia, o supremo juiz, o crítico. O maleável e volúvel Proteu a certa altura tem um insight sobre o mundo que se lhe descortina: "Neste mundo/ A forma é essencial, vale de pouco o fundo"; e acaba assumindo a forma do político camaleônico, que muda de opiniões de acordo com as circunstâncias. Mercúrio entra na "política escura", como uma espécie de mestre da intriga e do recado.

Júpiter, entretanto, resiste o quanto pode, levando Marte à exasperação e ao apelo final: "É inútil resistir; o velho e antigo templo/ Para sempre caiu, não se levanta mais./ Desçamos a tomar lugar entre os mortais./ É nobre: um deus que despe a auréola divina./ Sê homem!". Depois de muito considerar sobre sua descida ao nível da humanidade e ponderar qual profissão abraçaria em sua existência humana, Júpiter finalmente capitula ao materialismo oitocentista.

Ao final, o ator do Prólogo retorna, desta vez vestido de Epílogo, para proclamar a sobrevida, pelo menos na arte, dos deuses desbancados pela história e pelo Cristianismo: "Se o tempo sepultou Eros, Minerva, e Marte,/ Uma cousa os revive e os santifica: a arte./ Se a história os dispersou, se o Calvário os baniu,/ A arte, no mesmo amplexo, a todos reuniu".

Apesar da recepção modesta, dois meses depois da publicação em livro a peça ganhou grandes elogios do escritor português Manuel Joaquim Pinheiro Chagas. No *Anuário do Arquivo Pitoresco*, publicado em Portugal, ele identificava as marcas de Alfred de Musset na escrita elegante e despretensiosa do autor brasileiro:

[...] os alexandrinos correm com tanta fluência, a frase arredonda-se com tanto primor, lampeja o estilo tão feiticeira luz, que não podemos deixar de recomendar esta peça como uma das mais graciosas composições de que a nossa literatura (luso-brasileira) se ufana.[3]

Vestidos de casaca, os deuses desciam ao palco carioca. Nos bastidores da produção da peça e do livro, assim como na plateia que a assistiu pela primeira vez, reuniam-se algumas das figuras que compunham o pequeno Olimpo luso-brasileiro do Rio de Janeiro.

## Referências bibliográficas

ASSIS, Machado de. *Correspondência de Machado de Assis, tomo I: 1860-1869*. Coord. de Sergio Paulo Rouanet. Org. e comentários de Irene Moutinho e Sílvia Eleutério. Rio de Janeiro: Academia Brasileira de Letras, 2008.
BRASIL. MINISTÉRIO DA EDUCAÇÃO E SAÚDE PÚBLICA. *Exposição Machado de Assis: Centenário do nascimento de Machado de Assis: 1839-1939*. Intr. de Augusto Meyer. Rio de Janeiro: Serviço Gráfico do Ministério da Educação e Saúde, 1939.

3. Apud Ubiratan Machado (Org.), *Machado de Assis: Roteiro da consagração (crítica em vida do autor)*. Rio de Janeiro: EdUERJ, 2003, p. 70.

CARVALHO, Castelar de. *Dicionário de Machado de Assis: Língua, estilo, temas*. 2. ed. rev. e atual. Rio de Janeiro: Lexikon, 2018.

FARIA, João Roberto (Org.). *Machado de Assis: Do teatro. Textos críticos e escritos diversos*. São Paulo: Perspectiva, 2008.

MACHADO, Ubiratan (Org.). *Machado de Assis: Roteiro da consagração (crítica em vida do autor)*. Rio de Janeiro: EdUERJ, 2003.

_____. *Dicionário de Machado de Assis*. 2. ed. rev. e ampl. São Paulo: Imprensa Oficial; Rio de Janeiro: Academia Brasileira de Letras; Lisboa: Imprensa Nacional, 2021.

SOUSA, José Galante de. *Bibliografia de Machado de Assis*. Rio de Janeiro: Instituto Nacional do Livro, 1955.

_____. *Fontes para o estudo de Machado de Assis*. Rio de Janeiro: Instituto Nacional do Livro, 1958.

_____. "Cronologia de Machado de Assis" [1958]. *Cadernos de Literatura Brasileira: Machado de Assis*, São Paulo, Instituto Moreira Salles, n. 23/24, pp. 10-40, jul. 2008.

# Sobre esta edição

Esta edição tomou como base a única publicada em vida do autor, que saiu em janeiro de 1866 no Rio de Janeiro pela Tipografia do Imperial Instituto Artístico. Para o cotejo, foram utilizados os exemplares pertencentes à Biblioteca Brasiliana Guita e José Mindlin, da Universidade de São Paulo, e à Biblioteca do Senado. Também foram consultadas a edição preparada por Teresinha Marinho, Carmem Gadelha e Fátima Saadi publicada no volume *Teatro completo de Machado de Assis* (Rio de Janeiro: Ministério da Educação e Saúde, 1982) e a organizada por João Roberto Faria, *Teatro de Machado de Assis* (São Paulo: Martins Fontes, 2003).

O estabelecimento do texto orientou-se pelo princípio da máxima fidedignidade àquele tomado como base, adotando as seguintes diretrizes: a pontuação foi mantida, mesmo quando não está em conformidade com os usos atuais; a ortografia foi atualizada, mantendo-se as variantes registradas no *Vocabulário ortográfico da língua portuguesa*; os sinais gráficos, tais como aspas, apóstrofos e travessões, foram padronizados; a disposição das falas na página, com seus recuos menores ou maiores, segue a da edição de base.

Um dos intuitos desta edição é preservar o ritmo de leitura implícito na pontuação que consta em textos sobre os quais atuaram vários agentes, tais como editores, revisores e tipógrafos, mas cuja publicação foi supervisionada pelo escritor. A manutenção das variantes ortográficas, do modo de ordenação das palavras e dos grifos é importante para caracterizar a dicção das personagens e constitui também registros, ainda que indiretos, dos hábitos de fala e de escrita de um tempo e lugar, o Rio de Janeiro do século XIX. Ali, imigrantes, especialmente de Portugal, conviviam com afrodescendentes — como é o caso da família de origem do escritor e também daquela que Machado de Assis constituiu com Carolina Xavier de Novais —, e as referências literárias e culturais europeias estavam muito presentes nos círculos letrados nos quais Machado de Assis se formou e que frequentou ao longo de toda a vida.

Neste volume, foram mantidas as seguintes variantes registradas no *Vocabulário ortográfico da língua portuguesa* (6. ed. Rio de Janeiro: Academia Brasileira de Letras, 2021): "aborrimento", "cousa", "distilar", "dous", "ensosso", "resplendecer", "subjeitar" e a oscilação entre "cálix"/"cálice". Foram respeitadas formas como "Sparta" e "spartano" (com acréscimo de apóstrofo) e contrações, como "co'a". "D'antes", "d'aquele", "d'aqui", "d'estas" e "outr'ora" foram grafados de acordo com o uso corrente, "dantes", "daquele", "daqui", "destas", "outrora".

Para a identificação e atualização das variantes, também foram consultados o *Índice do vocabulário de Machado de Assis*, publicação digital da Academia Brasileira de Letras, e o *Vocabulário onomástico da língua portuguesa* (Rio de Janeiro: Academia Brasileira de Letras, 1999). Os *Vocabulários* e o *Índice* são as obras de referência para a ortografia adotada nesta edição.

Os destaques do texto de base, com itálico ou aspas, foram mantidos. As palavras em língua estrangeira que aparecem sem qualquer destaque foram atualizadas. Nos casos em que as obras de referência são omissas, manteve-se a grafia da edição de base.

Esta foi igualmente seguida quanto à presença ou à ausência de pontuação após as interjeições "Ah" e "Oh".

Os sinais gráficos foram padronizados da seguinte forma: aspas (" "), apóstrofos ('), reticências (...) e travessões (—).

As rubricas foram padronizadas. Os nomes das personagens, na introdução de suas falas, vêm sempre em versalete. Os textos das rubricas aparecem entre parênteses e em itálico.

As intervenções no texto que não seguem os princípios indicados anteriormente ou que não se devem a erros evidentes de composição tipográfica vêm indicadas por notas de fim, chamadas por letras.

As notas de rodapé, chamadas por números, visam elucidar o significado de palavras, referências ou citações não facilmente encontráveis nos bons dicionários da língua ou por meio de ferramentas eletrônicas de busca. Por vezes, elas abordam também o contexto a que se referem os escritos. As deste volume foram elaboradas por Karina Okamoto [KO] e Marcelo Diego [MD].

O organizador agradece a João Roberto Faria pela leitura da apresentação e pelas sugestões.

# Machado de Assis

—————

## Os deuses de casaca

Comédia

A
José Feliciano de Castilho
Dedica este livrinho
O Autor

O autor desta comédia julga-se dispensado de entrar em explanações literárias a propósito de uma obra tão desambiciosa. Quer, sim, explicar o como ela nasceu, e o seu pensamento ao escrevê-la. Foi há mais de um ano, quando alguns cavalheiros davam uns saraus literários, na rua da Quitanda, que o autor, convidado a contribuir para essas festas, escreveu os *Deuses de casaca*. Até então era o seu talentoso amigo Ernesto Cibrão quem escrevia as peças que ali se representavam. Um desastre público impediu a exibição dos *Deuses de casaca* naquela época, e em boa hora veio o desastre (egoísmo de autor!), porque a comédia, relida e examinada, sofreu correções e acréscimos, até ficar aquilo que foi habilmente representado no sarau da Arcádia Fluminense, em 28 de dezembro findo, pelos mesmos cavalheiros dos antigos saraus, *arcades omnes*.[1]

Que ela ficasse completa, não ousa dizê-lo o autor; mas ao menos está consignada a sua boa vontade.

Uma das condições impostas ao autor desta comédia, e ao autor do *Luís*,[2] era que nas peças não entrassem senhoras. Daqui vem que o autor não pôde, como

---

1. A Arcádia Fluminense foi uma sociedade artístico-literária fundada em 1865, no Rio de Janeiro, que teve entre seus membros fundadores o jovem Machado de Assis. A expressão latina *"arcades omnes"* significa "todos eles árcades", ou seja, todos eles sócios da Arcádia Fluminense. [MD]
2. *Luís* (1860) é uma peça escrita por Ernesto Cibrão. [MD]

lhe pedia o assunto, fazer intervir as deusas do Olimpo no debate e na deserção dos seus pares. Os que conhecem estas cousas avaliarão a dificuldade de escrever uma comédia sem damas. Era menos difícil a Garrett e a Voltaire, pondo em ação as virtudes romanas e as lutas civis da república, dispensar o elemento feminino. Mas uma comédia sem damas para entreter os convivas de uma noite, cujos limites eram uma variação de piano e o serviço de chá, é cousa mais fácil de ler que de fazer.

O autor não quis zombar dos deuses, não quis fazer rir os espectadores à custa dos antigos habitantes do Olimpo. Esta declaração é necessária para avisar aqueles que, dando ao título da comédia uma errada interpretação, cuidarem que vão ler um quadro burlesco, à moda do *Virgile travesti* de Scarron.[3]

Uma crítica anódina, uma sátira inocente, uma observação mais ou menos picante, tudo no ponto de vista dos deuses, uma ação simplicíssima, quase nula, travada em curtos diálogos, eis o que é esta comédia.

O autor fez falar os seus deuses em verso alexandrino: era o mais próprio.

Tem este verso alexandrino seus adversários, mesmo entre os homens de gosto, mas é de crer que venha a ser finalmente estimado e cultivado por todas as musas brasileiras e portuguesas. Será essa a vitória dos esforços empregados pelo ilustre autor das *Epístolas à Imperatriz*, que tão paciente e luzidamente

---

3.  *Virgile travesti* (1648-59), do francês Paul Scarron, é uma paródia da *Eneida* (século I a.C.), de Virgílio. [MD]

tem naturalizado o verso alexandrino na língua de Garrett e de Gonzaga.[4]

O autor teve a fortuna de ver os seus *Versos a Corina*, escritos naquela forma, bem recebidos pelos entendedores.

Se os alexandrinos desta comédia tiverem[A] igual fortuna, será essa a verdadeira recompensa para quem procura empregar nos seus trabalhos a consciência e a meditação.

Rio, 1º de janeiro de 1866

---

4. O título completo da obra é *Epístola a Sua Majestade a Senhora Imperatriz do Brasil D. Teresa* (1856), de Antônio Feliciano de Castilho. [KO]

## Personagens

PRÓLOGO

EPÍLOGO

JÚPITER

MARTE

APOLO

PROTEU

CUPIDO

VULCANO

MERCÚRIO

# Ato único

*(Uma sala, mobiliada com elegância e gosto; alguns quadros mitológicos. Sobre um consolo garrafas com vinho, e cálices.)*

PRÓLOGO
*(entrando)*

Querem saber quem sou? O Prólogo. Mudado
Venho hoje do que fui. Não apareço ornado
Do antigo borzeguim, nem da clâmide antiga.
Não sou feio. Qualquer deitar-me-ia uma figa.
Nem velho. Do auditório alguma ilustre dama,
Valsista consumada, aumentaria a fama,
Se comigo fizesse as voltas de uma valsa.
Sou o Prólogo novo. O meu pé já não calça
O antigo borzeguim, mas tem obra mais fina:
Da casa do Campas arqueia uma botina.[5]
Não me pende da espádua a clâmide severa,
Mas o flexível corpo, acomodado à era,
Enverga uma casaca, obra do Raunier.[6]
Um relógio, um grilhão, luvas e *pince-nez*
Completam o meu traje.

5. A casa do Campas era uma elegante sapataria no Rio de Janeiro do século XIX. Funcionou entre as décadas de 1840 e 1870, na rua do Ouvidor. [MD]
6. Raunier era um célebre alfaiate, no Rio de Janeiro oitocentista, que estabeleceu um ateliê na rua do Ouvidor, na década de 1850. [MD]

E a peça? A peça é nova.
O poeta, um tanto audaz, quis pôr o engenho à prova.
Em vez de caminhar pela estrada real,
Quis tomar um atalho. Creio que não há mal
Em caminhar no atalho e por nova maneira.
Muita gente na estrada ergue muita poeira,
E morrer sufocado é morte de mau gosto.
Foi de ânimo tranquilo e de tranquilo rosto
À nova inspiração buscar caminho azado,
E trazer para a cena um assunto acabado.

Para atingir o alvo em tão árdua porfia,
Tinha a realidade e tinha a fantasia.
Dous campos! Qual dos dous? Seria duvidosa
A escolha do poeta? Um é de terra e prosa,
Outro de alva poesia e murta delicada.
Há tanta vida, e luz, e alegria elevada
Neste, como há naquele aborrimento e tédio.
O poeta que fez? Tomou um termo médio;
E deu, para fazer uma dualidade,
A destra à fantasia, a sestra à realidade.
Com esta viajou pelo éter transparente
Para infundir-lhe um tom mais nobre... e mais decente.
Com aquela, vencendo o invencível pudor,
Foi passear à noite à rua do Ouvidor.

Mal que as consorciou com o oposto elemento,
Transformou-se uma e outra. Era o melhor momento
Para levar ao cabo a obra desejada.
Aqui pede perdão a musa envergonhada:
O poeta, apesar de cingir-se à poesia,
Não fez entrar na peça as damas. Que porfia!

Que luta sustentou em prol do sexo belo!
Que alma na discussão! que valor! que desvelo!
Mas... era minoria. O contrário passou.
Damas, sem vosso amparo a obra se acabou!

Vai começar a peça. É fantástica: um ato,
Sem cordas de surpresa ou vistas de aparato.[7]
Verão do velho Olimpo o pessoal divino
Trajar a prosa chã, falar o alexandrino,
E, de princípio a fim, atar e desatar
Uma intriga pagã.

     Calo-me. Vão entrar
Da mundana comédia os divinos atores.
Guardem a profusão de palmas e de flores.
Vou a um lado observar quem melhor se destaca.
A peça tem por nome — OS DEUSES DE CASACA.

7. As "cordas de surpresa" e "vistas de aparato" são
referências a recursos cênicos, geralmente utilizados nas
casas de teatro com o objetivo de causar efeito de espanto
junto aos espectadores. [MD]

# Cena I

MERCÚRIO (*assentado*), JÚPITER (*entrando*)

_____

JÚPITER
(*entra, para e presta o ouvido*)
Cuidei ouvir agora a flauta do deus Pã.

MERCÚRIO
(*levantando-se*)
Flauta! é um violão.

JÚPITER
(*indo a ele*)
Mercúrio, esta manhã
Tens correio.

MERCÚRIO
Ainda bem! Eu já tinha receio
De que perdesse até as funções de correio.
Quero ao menos servir aos deuses, meus iguais.
Obrigado, meu pai! — Tu és a flor dos pais,
Honra da divindade e nosso último guia!

JÚPITER
(*senta-se*)
Faz um calor! — Dá cá um copo de ambrosia
Ou néctar.

MERCÚRIO
(*rindo*)
Ambrosia ou néctar!

JÚPITER
É verdade!
São as recordações da nossa divindade.
Tempo que já não volta.

MERCÚRIO
Há de voltar!

JÚPITER
(*suspirando*)
Talvez.

MERCÚRIO
(*oferecendo vinho*)
Um cálix de Alicante? Um cálix de Xerez?

(*Júpiter faz um gesto de indiferença;
Mercúrio deita vinho; Júpiter bebe.*)

JÚPITER
Que tisana!

MERCÚRIO
(*deitando para si*)
Há quem chame estes vinhos profanos
Fortuna dos mortais, delícia dos humanos.
(*bebe e faz uma careta*)
Trava como água estígia!

JÚPITER

Oh! a cabra Amalteia
Dava leite melhor que este vinho.


MERCÚRIO

Que ideia!
Devia ser assim para aleitar-te, pai!
(*depõe a garrafa e os cálices*)


JÚPITER

As cartas aqui estão, Mercúrio. Toma, vai
Em procura de Apolo, e Proteu e Vulcano
E todos. O conselho é pleno e soberano.
É mister discutir, resolver e assentar
Nos meios de vencer, nos meios de escalar
O Olimpo...


(*Sai Mercúrio.*)

# Cena II

JÚPITER

(*só, continuando a refletir*)

... Tais outrora Encélado e Tifeu
Buscaram contra mim escalá-lo. Correu
O tempo, e eu passei de invadido a invasor!
Lei das compensações! Então, era eu senhor;
Tinha o poder nas mãos, e o universo a meus pés.
Hoje, como um mortal, de revés em revés,
Busco por conquistar o posto soberano.
Bem me dizias, Momo, o coração humano
Devia ter aberta uma porta, por onde
Lêssemos, como em livro, o que lá dentro esconde.
Demais, dando juízo ao homem, esqueci-me
De completar a obra e fazê-la sublime.
Que vale esse juízo? Inquieto e vacilante,
Como perdida nau sobre um mar inconstante,
O homem sem razão cede nos movimentos
A todas as paixões, como a todos os ventos.
É o escravo da moda e o brinco do capricho.
Presunçoso senhor dos bichos, este bicho
Nem ao menos imita os bichos seus escravos.
Sempre do mesmo modo, ó abelha, os teus favos
Distilas. Sempre o mesmo, ó castor exemplar,
Sabes a casa erguer junto às ribas do mar.
Ainda hoje, empregando as mesmas leis antigas,
Viveis no vosso chão, ó próvidas[A] formigas.
Andorinhas do céu, tendes ainda a missão
De serdes, findo o inverno, as núncias do verão.

Só tu, homem incerto e altivo, não procuras
Da vasta criação estas lições tão puras...
Corres hoje a Paris, como a Atenas outrora;
A sombria Cartago é a Londres de agora
Ah! pudesses tornar ao teu estado antigo!

# Cena III

JÚPITER, MARTE, VULCANO (*os dous de braço*)

––––––––––––––––––––––––––––––––––––––

VULCANO
(*a Júpiter*)
Sou amigo de Marte, e Marte é meu amigo.

JÚPITER
Enfim! Querelas vãs acerca de mulheres
É tempo de esquecer. Crescem outros deveres,
Meus filhos. Vênus bela a ambos iludiu.
Foi-se, despareceu. Onde está? quem a viu?

MARTE
Vulcano.

JÚPITER
Tu?

VULCANO
É certo.

JÚPITER
Aonde?

VULCANO
Era um salão.
Dava o dono da casa esplêndida função.
Vênus, lânguida e bela, olhos vivos e ardentes,
Prestava atento ouvido a uns vãos impertinentes.

Eles em derredor, curvados e submissos,
Faziam circular uns ditos já cediços,
E, cortando entre si as respectivas peles,
Eles riam-se dela, ela ria-se deles.
Não era, não, meu pai, a deusa enamorada
Do nosso tempo antigo: estava transformada.
Já não tinha o esplendor da suprema beleza
Que a tornava modelo à arte e à natureza.
Foi nua, agora não. A beleza profana
Busca apurar-se ainda a favor da arte humana.
Enfim, a mãe de amor era da escuma filha,
Hoje Vênus, meu pai, nasce... mas da escumilha.

JÚPITER

Que desonra!

(*a Marte*)

E Cupido?

VULCANO

Oh! esse...

MARTE

Fui achá-lo
Regateando há pouco o preço de um cavalo.
As patas de um cavalo em vez de asas velozes!
Chibata em vez de seta! — Oh!ᴬ mudanças atrozes!
Té o nome, meu pai, mudou o tal birbante;
Cupido já não é; agora é... um elegante!

JÚPITER

Traidores!

VULCANO

Foi melhor ter-nos desenganado:
Dos fracos não carece o Olimpo.


MARTE

Desgraçado
Daquele que assim foge às lutas e à conquista!


JÚPITER
(*a Marte*)

Que tens feito?


MARTE

Oh! por mim, ando agora na pista
De um congresso geral. Quero, com fogo e arte,
Mostrar que sou ainda aquele antigo Marte
Que as guerras inspirou de Aquiles e de Heitor.
Mas, por agora nada! — É desanimador
O estado deste mundo. A guerra, o meu ofício,
É o último caso; antes vem o artifício.
Diplomacia é o nome; a cousa é o mútuo engano.
Matam-se, mas depois de um labutar insano;
Discutem, gastam tempo, e cuidado e talento:
O talento e o cuidado é ter astúcia e tento.
Sente-se que isto é preto, e diz-se que isto é branco:
A tolice no caso é falar claro e franco.
Quero falar de um gato? O nome bastaria.
Não, senhor; outro modo usa a diplomacia.
Começa por falar de um animal de casa,
Preto ou branco, e sem bico, e sem crista e sem asa,
Usando quatro pés. Vai a nota. O arguido

Não hesita, responde: "O bicho é conhecido,
É um gato." "Não senhor, diz o arguente: é um cão."

JÚPITER

Tens razão, filho, tens!

VULCANO

Carradas de razão!

MARTE

Que acontece daqui? É que nesta Babel
Reina em todos e em tudo uma cousa — o papel.
É esta a base, o meio e o fim. O grande rei
É o papel. Não há outra força, outra lei.
A fortuna o que é? Papel ao portador;
A honra é de papel; é de papel o amor.
O valor não é já aquele ardor aceso:
Tem duas divisões — é de almaço ou de peso.
Enfim, por completar esta horrível Babel,
A moral de papel faz guerra de papel.

VULCANO

Se a guerra neste tempo é de peso ou de almaço,
Mudo de profissão: vou fazer penas de aço!

# Cena IV

## OS MESMOS, CUPIDO

------------------------------------------

CUPIDO
(*da porta*)

É possível entrar?

JÚPITER
(*a Marte*)

Vai ver quem é.

MARTE

Cupido!

CUPIDO
(*a Júpiter*)

Caro avô, como estás?

JÚPITER

Voltas arrependido?

CUPIDO

Não; venho despedir-me. Adeus.

MARTE

Vai-te, insolente.

CUPIDO

Meu pai!...

MARTE

Cala-te!

CUPIDO

Ah! não! Um conselho prudente:
Deixai a divindade e fazei como eu fiz.
Sois deuses? Muito bem. Mas, que vale isso? Eu quis
Dar-vos este conselho; é de amigo.

JÚPITER

É de ingrato.
Do mundo fascinou-te o rumor, o aparato.
Vai, espírito vão! — Antes deus na humildade,
Do que homem na opulência.

CUPIDO

É fresca a divindade!

JÚPITER

Custa-nos caro, é certo: a dor, a mágoa, a afronta,
O desespero e o dó.

CUPIDO

A minha é mais em conta.

VULCANO

Onde a compras agora?

CUPIDO

Em casa do alfaiate;
Sou divino conforme a moda.

VULCANO

E o disparate.


CUPIDO

Venero o teu despeito, ó Vulcano!


MARTE

Venera
O nosso ódio supremo e divino...


CUPIDO

Quimera!


MARTE

... Da nossa divindade o nome e as tradições,
A lembrança do Olimpo e a vitória...


CUPIDO

Ilusões!


MARTE

Ilusões!


CUPIDO

Terra a terra ando agora. Homem sou;
Da minha divindade o tempo já findou.
Mas, que compensações achei no novo estado!
Sou, onde quer que vá, pedido e requestado.
Vêm quebrar-se a meus pés os olhares das damas;
Cada gesto que faço ateia imensas chamas.
Sou o encanto da rua e a vida dos salões,

O alfenim procurado, o ímã dos balões,[8]
O perfume melhor da *toilette*, o elixir
Dos amores que vão, dos amores por vir;
Procuram agradar-me a feia, como a bela;
Sou o sonho querido e doce da donzela,
O encanto da casada, a ilusão da viúva.
A chibata, a luneta, a bota, a capa e a luva
Não são enfeites vãos: suprem o arco e a seta.
Seta e arco são hoje imagens de poeta.
Isto sou. Vede lá se este esbelto rapaz
Não é mais que o menino armado de carcás.

MARTE

Covarde!

JÚPITER

Deixa, ó filho, este ingrato!

CUPIDO

Adeus.

JÚPITER

Parte.

Adeus!

CUPIDO

Adeus, Vulcano; adeus, Jove; adeus, Marte!

---

8. Os "balões" são as saias-balões, peças do vestuário feminino
   elegante da época. Trata-se, portanto, de uma referência
   metonímica às mulheres. [MD]

# Cena V

VULCANO, JÚPITER, MARTE

---

MARTE

Perdeu-se este rapaz...

VULCANO

Decerto, está perdido!

MARTE

(*a Júpiter*)

Júpiter, quem dissera! O doce e fiel Cupido
Veio a tornar-se enfim um homem tolo e vão!

VULCANO

(*irônico*)

E contudo é teu filho...

MARTE

(*com desânimo*)

É meu filho, ó Plutão!

JÚPITER

(*a Vulcano*)

Alguém chega. Vai ver.

VULCANO

É Apolo e Proteu.

# Cena VI

## OS MESMOS, APOLO, PROTEU

----------------------------------------

APOLO

Bom dia!

MARTE

Onde deixaste o Pégaso?

APOLO

Quem? eu?

Não sabeis? Ora ouvi a história do animal.
Do que acontece é o mais fenomenal.
Aí vai o caso...

VULCANO

Aposto um raio contra um verso
Que o Pégaso fugiu.

APOLO

Não, senhor; foi diverso
O caso. Ontem à tarde andava eu cavalgando;
Pégaso, como sempre, ia caracolando,
E sacudindo a cauda, e levantando as crinas,
Como se recebesse inspirações divinas.
Quase ao cabo da rua um tumulto se dava;
Uma chusma de gente andava e desandava.
O que era não sei eu. Parei. O imenso povo,
Como se o assombrasse um caso estranho e novo,
Recuava. Quis fugir, não pude. O meu cavalo

Sente naquele instante um horrível abalo;
E para repelir a turba que o molesta,
Levanta o largo pé, fere a um homem na testa.
Da ferida saiu muito sangue e um soneto.
Muita gente acudiu. Mas, conhecido o objeto
Da nova confusão, deu-se nova assuada.
Rodeava-me então uma rapaziada,
Que ao Pégaso beijando os pés, a cauda e as crinas,
Pedia-lhe cantando inspirações divinas.
E cantava, e dizia (erma já de miolo):
"Achamos, aqui está! é este o nosso Apolo!"
Compelido a deixar o Pégaso, desci;
E por não disputar, lá os deixei — fugi.
Mas, já hoje encontrei, em letras garrafais,
Muita ode, e soneto, e oitava nos jornais!

JÚPITER

Mais um!

APOLO

A história é esta.

MARTE

Embora! — Outra desgraça.
Era de lamentar. Esta não.

APOLO

Que chalaça!
Não passa de um corcel...

PROTEU

E já um tanto velho.

APOLO

É verdade.

JÚPITER

Está bem!

PROTEU

(a Júpiter)

A que horas o conselho?

JÚPITER

É à hora em que a lua apontar no horizonte,
E o leão de Nemeia, erguendo a larga fronte,
Resplendecer no azul.

PROTEU

A senha é a mesma?

JÚPITER

Não:

"Harpócrates, Minerva — o silêncio, a razão."

APOLO

Muito bem.

JÚPITER

Mas Proteu de senha não carece;
De aspecto e de feições muda, se lhe parece.
Basta vir...

PROTEU

Como um corvo.

MARTE

Um corvo.

PROTEU

Há quatro dias,
Graças ao meu talento e às minhas tropelias,
Iludi meio mundo. Em corvo transformado,
Deixei um grupo imenso absorto, embasbacado.
Vasto queijo pendia ao meu bico sinistro.
Dizem que eu era então a imagem de um ministro.
Seria por ser corvo, ou por trazer um queijo?
Foi uma e outra cousa, ouvi dizer.

JÚPITER

O ensejo
Não é de narrações, é de obras. Vou sair.
Sabem a senha e a hora. Adeus.

(*sai*)

VULCANO

Vou concluir
Um negócio.

MARTE

Um negócio?

VULCANO

É verdade.

MARTE

Mas qual?

VULCANO

Um projeto de ataque.

MARTE

Eu tenho um.

VULCANO

É igual

O meu projeto ao teu, mas é completo.

MARTE

Bem.

VULCANO

Adeus, adeus.

PROTEU

Eu vou contigo.

(*Saem Vulcano e Proteu.*)

# Cena VII

### MARTE, APOLO

----------------------------------------

#### APOLO
O caso tem
Suas complicações, ó Marte! Não me esfria
A força que me dava o néctar e a ambrosia.
No cimo da fortuna ou no chão da desgraça,
Um deus é sempre um deus. Mas, na hora que passa,
Sinto que o nosso esforço é baldado, e imagino
Que ainda não bateu a hora do destino.
Que dizes?

#### MARTE
Tenho ainda a maior esperança.
Confio em mim, em ti, em vós todos. Alcança
Quem tem força, e vontade, e ânimo robusto.
Espera. Dentro em pouco o templo grande e augusto
Se abrirá para nós.

#### APOLO
Enfim...

#### MARTE
A divindade
A poucos caberá, e aquela infinidade
De numes desleais há de fundir-se em nós.

APOLO

Oh! que o destino te ouça a animadora voz!
Quanto a mim...


MARTE

Quanto a ti?


APOLO

Vejo ir-se dispersado
Dos poetas o rebanho, o meu rebanho amado!
Já poetas não são, são homens: carne e osso.
Tomaram neste tempo um ar burguês e ensosso.
Depois, surgiu agora um inimigo sério,
Um déspota, um tirano, um López, um Tibério:[9]
O álbum! Sabes tu o que é o álbum? Ouve,
E dize-me se, como este, um bárbaro já houve.
Traja couro da Rússia, ou sândalo, ou veludo;
Tem um ar de sossego e de inocência: é mudo.
Se o vires, cuidarás ver um cordeiro manso,
À sombra de uma faia, em plácido remanso.
A faia existe, e chega a sorrir... Estas faias
São copadas também, não têm folhas, têm saias.
O poeta estremece e sente um calafrio;
Mas o álbum lá está, mudo, tranquilo e frio.
Quer fugir, já não pode: o álbum soberano
Tem sede de poesia, é o minotauro. Insano
Quem buscar combater a triste lei comum!

9.   A referência, aqui, é ao imperador romano Tibério (42 a.C.-
     -37 d.C.), considerado um dos mais autoritários de sua época,
     e ao general Francisco Solano López (1827-70), presidente e
     ditador paraguaio durante a Guerra do Paraguai (1864-70),
     que estava em curso à época da publicação desta peça. [MD]

O álbum há de engolir os poetas um por um.
Ah! meus tempos de Homero!

MARTE

A reforma há de vir
Quando o Olimpo outra vez em nossas mãos cair.
Espera!

# Cena VIII
OS MESMOS, CUPIDO

---

CUPIDO

Tio Apolo, é engano de meu pai.

APOLO

Cupido!

MARTE

Tu aqui, meu velhaco?

CUPIDO

Escutai:
Cometeis uma empresa absurda. A humanidade
Já não quer aceitar a vossa divindade.
O bom tempo passou. Tentar vencer hoje, é,
Como agora se diz, remar contra a maré.
Perdeis o tempo.

MARTE

Cala a boca!

CUPIDO

Não! não! não!
Estou disposto a enforcar essa última ilusão.
Sabeis que sou o amor...

APOLO

Foste.

MARTE

És o amor perdido.

CUPIDO

Não, sou ainda o amor, o irmão de Eros, Cupido.
Em vez de conservar domínios ideais,
Soube descer um dia à esfera dos mortais;
Mas o mesmo ainda sou.

MARTE

E depois?

CUPIDO

Ah! não fales,
Ó meu pai! Posso ainda evocar tantos males,
Encher-te o coração de tanto amor ardente,
Que, sem nada mais ver, irás incontinente,
Pedir dispensa a Jove, e fazer-te homem.

MARTE

Não!

CUPIDO

(*indo ao fundo*)
Vês ali? é um carro. E no carro? um balão.
E dentro do balão? uma mulher.

MARTE

Quem é?

CUPIDO
(*voltando*)
Vênus.


APOLO
Vênus!


MARTE
Embora! É grande a minha fé.
Sou um deus vingador, não sou um deus amante.
É inútil.


APOLO
(*batendo no ombro de Cupido*)
Meu caro, é inútil.


MARTE
O farfante
Cuida que ainda é o mesmo.


CUPIDO
Está bem.


APOLO
Vai-te embora.
É conselho de amigo.


CUPIDO
(*senta-se*)
Ah! eu fico!

APOLO

Esta agora!
Que pretendes fazer?

CUPIDO
Ensinar-vos, meu tio.

APOLO
Ensinar-nos a nós? Por Júpiter, eu rio!

CUPIDO
Ouves, meu tio, um som, um farfalhar de seda?
Vai ver.

APOLO
(*indo ver*)
É uma mulher. Lá vai pela alameda.
Quem é?

CUPIDO
Juno, a mulher de Júpiter, teu pai.

APOLO
Deveras? É verdade! olha, Marte, lá vai,
Não conheci.

CUPIDO
É bela ainda, como outrora,
Bela, e altiva, e grave, e augusta, e senhora.

APOLO

(*voltando a si*)

Ah! mas eu não arrisco a minha divindade...

(*a Marte*)

Olha o espertalhão!... Que tens?

MARTE

(*absorto*)

Nada.

CUPIDO

Ó vaidade!

Humana embora, Juno é ainda divina.

APOLO

Que nome usa ela agora?

CUPIDO

Um mais belo: Corina!

APOLO

Marte, sinto... não sei...

MARTE

Eu também.

APOLO

Vou sair.

MARTE

Também eu.

CUPIDO

Também tu?

MARTE

Sim, quero ver... quero ir
Tomar um pouco de ar...

APOLO

Vamos dar um passeio.

MARTE

Ficas?

CUPIDO

Quero ficar, porém, não sei... receio...

MARTE

Fica, já foste um deus, nunca és importuno.

CUPIDO

É deveras assim? Mas...

MARTE

Ah Vênus!

APOLO

Ah Juno!

# Cena IX

## CUPIDO, MERCÚRIO

---

### CUPIDO

(*só*)

Baleados! Agora os outros. É preciso,
Graças à voz do amor, dar-lhes algum juízo.
Singular exceção! Muitas vezes o amor
Tira o juízo que há... Quem é? Sinto rumor...
Ah! Mercúrio!

### MERCÚRIO

Sou eu! E tu? É certo acaso
Que tenhas cometido o mais triste desazo?
Ouvi dizer...

### CUPIDO

(*em tom lastimoso*)

É certo.

### MERCÚRIO

Ah covarde!

### CUPIDO

(*o mesmo*)

Isso! isso!

### MERCÚRIO

És homem?

CUPIDO

Sou o amor, sou, e ainda enfeitiço,
Como dantes.


MERCÚRIO[A]

Não és dos nossos. Vai-te.


CUPIDO

                                    Não!
Vou fazer-te, meu tio, uma observação.


MERCÚRIO

Vejamos.


CUPIDO

Quando o Olimpo era nosso...


MERCÚRIO

                                    Ah!


CUPIDO

                                    Havia
Hebe, que nos matava, e a Júpiter servia.
Poucas vezes a viste. As funções de correio
Demoravam-te fora. Ah que olhos! ah que seio!
Ah que fronte! ah...


MERCÚRIO

Então?


CUPIDO

                    Hebe tornou-se humana.

MERCÚRIO
(*com desprezo*)

Como tu.

CUPIDO

Ah quem dera! A terra alegre e ufana
Entre as belas mortais deu-lhe um lugar distinto.

MERCÚRIO

Deveras!

CUPIDO
(*consigo*)

Baleado!

MERCÚRIO
(*consigo*)

Ah! não sei... mas que sinto?

CUPIDO

Mercúrio, adeus!

MERCÚRIO

Vem cá. Hebe onde está?

CUPIDO

Não sei,
Adeus. Fujo ao conselho.

MERCÚRIO
(*absorto*)

Ao conselho?

CUPIDO

                              Farei
Por não atrapalhar as vossas decisões.
Conspirai! conspirai!


MERCÚRIO
            Não sei... Que pulsações!
Que tremor! que tonteira!


CUPIDO
            Adeus! Ficas?


MERCÚRIO
                        Quem? eu?
Hebe?


CUPIDO
(à parte)
Falta-me Jove, e Vulcano, e Proteu.

# Cena X

MERCÚRIO, DEPOIS MARTE, APOLO

---

MERCÚRIO
(*só*)
Eu doente? de quê? É singular!
(*indo ao vinho*)
Um gole!
Não há vinho nenhum que uma dor não console.
(*bebe silencioso*)
Hebe tornou-se humana!

MARTE
(*a Apolo*)
É Mercúrio.

APOLO
(*a Marte*)
Medita!
Em que será?

MARTE
Não sei.

MERCÚRIO
(*sem vê-los*)
Oh! como me palpita
O coração!

APOLO

(*a Mercúrio*)

Que é isso?


MERCÚRIO

Ah! não sei... divagava...
Como custa a passar o tempo! Eu precisava
De sair e não sei... Jove não voltará?


MARTE

Por que não? Há de vir.


APOLO

(*consigo*)

Ó céus! o que terá?

(*silêncio profundo*)

Estou disposto!


MARTE

Estou disposto!


MERCÚRIO

Estou disposto!

# Cena XI

## OS MESMOS, JÚPITER

------------------------------------------------

JÚPITER

Meus filhos, boa nova!
(*Os três voltam a cara.*)
Então? voltais-me o rosto?

MERCÚRIO

Nós, meu pai?

APOLO

Eu, meu pai?

MARTE

Eu não...

JÚPITER

Vós todos, sim!
Ah! fraqueais talvez! Um espírito ruim
Penetrou entre nós, e a todos vós tentando
Da vanguarda do céu vos anda separando.

MARTE

Oh! não, porém...

JÚPITER

Porém?

MARTE

Eu falarei mais claro

No conselho.

JÚPITER

Ah! E tu?

APOLO

Eu o mesmo declaro.

JÚPITER

(*a Mercúrio*)

Tua declaração?

MERCÚRIO

É do mesmo teor.

JÚPITER

Ó trezentos de 'Sparta! Ó tempos de valor!
Eram homens contudo...

APOLO

Isso mesmo: é humano.

Era a força do persa e a força do 'spartano.
Eram homens de um lado, e homens do outro lado;
A terra sob os pés; o conflito igualado.
Agora o caso é outro. Os deuses demitidos
Buscam reconquistar os domínios perdidos.
Há deuses do outro lado? Há homens. Neste caso
Não teremos a luta em campo aberto e raso.

JÚPITER

Assim, pois?

APOLO

Assim, pois, já que os homens não podem
Aos deuses elevar-se, os deuses se acomodem.
Sejam homens também.

MARTE

Apoiado!

MERCÚRIO

Apoiado!

JÚPITER

Durmo ou velo? Que ouvi!

MARTE

O caso é desgraçado.
Mas a verdade é esta, esta e não outra.

JÚPITER

Assim
Desmantela-se o Olimpo!

MERCÚRIO

Espírito ruim
Não há, nem há fraqueza, ou triste covardia.
Há desejo real de concluir um dia
Esta luta cruel, estéril, sem proveito.
Deste real desejo, é este, ó pai, o efeito.

**JÚPITER**

Estou perdido!

# Cena XII

OS MESMOS, VULCANO, PROTEU

---

JÚPITER

Ah! vinde, ó Vulcano, ó Proteu!
Estes três já não são nossos.

VULCANO

Nem eu.

PROTEU

Nem eu.

JÚPITER

Também vós?

PROTEU

Também nós!

JÚPITER

Recuais?

VULCANO

Recuamos.
Com os homens, enfim, nos reconciliamos.

JÚPITER

Fico eu só?

MARTE

Não, meu pai. Segue o geral exemplo.
É inútil resistir; o velho e antigo templo
Para sempre caiu, não se levanta mais.
Desçamos a tomar lugar entre os mortais.
É nobre: um deus que despe a auréola divina.
Sê homem!

JÚPITER

Não! não! não!

APOLO

O tempo nos ensina
Que devemos ceder.

JÚPITER

Pois sim, mas tu, mas vós,
Eu não. Guardarei só num século feroz
A honra da divindade e o nosso lustre antigo,
Embora sem amparo, embora sem abrigo.
(a Apolo, com sarcasmo)
Tu, Apolo, vásᴬ ser pastor do rei Admeto?
Imolas ao cajado a glória do soneto?
Que honra!

APOLO

Não, meu pai, sou o rei da poesia.
Devo ter um lugar no mundo, em harmonia
Com este que ocupei no nosso antigo mundo.
O meu ar sobranceiro, o meu olhar profundo,
A feroz gravidade e a distinção perfeita,
Nada, meu caro pai, ao vulgo se subjeita.

Quero um lugar distinto, alto, acatado e sério.
Co'a pena da verdade e a tinta do critério
Darei as leis do belo e do gosto. Serei
O supremo juiz, o crítico.

JÚPITER

Não sei
Se lava o novo ofício a vilta de infiel...

APOLO

Lava.

JÚPITER

E tu, Marte?

MARTE

Eu cedo à guerra de papel.
Sou o mesmo; somente o meu valor antigo
Mudou de aplicação. Corro ainda ao perigo,
Mas não já com a espada: a pena é minha escolha.
Em vez de usar broquel, vou fundar uma folha.
Dividirei a espada em leves estiletes,
Com eles abrirei campanhas aos gabinetes.
Moral, religião, política, poesia,
De tudo falarei com alma e bizarria.
Perdoa-me, ó papel, os meus erros de outrora,
Tarde os reconheci, mas abraço-te agora!
Cumpre-me ser, meu pai, de coração fiel,
Cidadão do papel, no tempo do papel.

JÚPITER

E contudo, inda há pouco, o contrário dizias,
E zombavas então destas papelarias...


MARTE

Mudei de opinião...


JÚPITER
(*a Vulcano*)
E tu, ó deus das lavas,
Tu, que o raio divino outrora fabricavas,
Que irás tu fabricar?


VULCANO

Inda há pouco o dizia
Quando Marte do tempo a pintura fazia:
Se o valor deste tempo é de peso ou de almaço,
Mudo de profissão, vou fazer penas de aço.
Hei de servir alguém, aqui ou em qualquer parte,
Ou a ti ou a outro, ou a Jove ou a Marte.
Os raios que eu fazia, em penas transformados,
Como eles hão de ser ferinos e aguçados.
A questão é de forma.


MARTE
(*a Vulcano*)
Obrigado.


JÚPITER

Proteu,
Não te dignas dizer o que farás?

PROTEU

                            Quem? eu?
Farei o que puder; e creio que me é dado
Fazer muito: o caso é que eu seja utilizado.
O dom de transformar-me, à vontade, a meu gosto
Torna-me neste mundo um singular composto.
Vou ter segura a vida e o futuro. O talento
Está em não mostrar a mesma cara ao vento.
Vermelho de manhã, sou de tarde amarelo;
Se convier, sou bigorna, e senão, sou martelo.
Já se vê, sem mudar de nome. Neste mundo
A forma é essencial, vale de pouco o fundo.
Vai o tempo chuvoso? Envergo um casacão.
Volta o sol? Tomo logo a roupa de verão.
Quem subiu? Pedro e Paulo. Ah! que grandes talentos!
Que glórias nacionais! que famosos portentos!
O país ia à garra e por triste caminho,
Se inda fosse o poder de Sancho ou de Martinho.
Mas se a cena mudar, tão contente e tão ancho,
Dou vivas a Martinho, e dou vivas a Sancho!
Aprendi, ó meu pai, estas cousas, e juro
Que vou ter grande e belo um nome no futuro.
Não há revoluções, não há poder humano
Que me façam cair...

                      (*com ênfase*)
                 O povo é soberano.
A pátria tem direito ao nosso sacrifício.
Vê-la sem este jus... mil vezes o suplício!
               (*voltando ao natural*)
Deste modo, meu pai, mudando a fala e a cara,
Sou na essência Proteu, na forma Dulcamara...

De tão bom proceder tenho as lições diurnas.
Boa tarde!

JÚPITER

Onde vás?[A]

PROTEU

Levar meu nome às urnas!

JÚPITER
(*reparando*)
(*a todos*)

Vêm cá. Ouvi agora... Ah! Mercúrio...

MERCÚRIO

Eu receio
Perder estas funções que exerço de correio...
Mas...

# Cena XIII

## OS MESMOS, CUPIDO

------------------------------------------------

CUPIDO

Cupido aparece e resolve a questão.
Ficas ao meu serviço.

JÚPITER

Ah!

MERCÚRIO

Em que condição?

CUPIDO

Eu sou o amor, tu és correio.

MERCÚRIO

Não, senhor.
Sabes o que é andar ao serviço de amor,
Sentir junto à beleza a paixão da beleza,
O peito sufocado, a fantasia acesa,
E as vozes transmitir do amante à sua amada,
Como um correio, um eco, um sobrescrito, um nada?
Foste um deus como eu fui, como eu, nem mais nem
[menos.

Homens, somos iguais. Um dia, Marte e Vênus,
A quem Vulcano armara uma rede, apanhados
Nos desmaios do amor, se foram libertados,
Se puderam fugir às garras do marido,
Foi graças à destreza, ao tino conhecido,

Do ligeiro Mercúrio. Ah que serviço aquele!
Sem mim quem te quisera, ó Marte, estar na pele!
Chega a hora; venceu-se a letra. És meu amigo.
Salva-me agora tu, e leva-me contigo.


MARTE

Vem comigo; entrarás na política escura.
Proteu há de arranjar-te uma candidatura.
Falarei na gazeta aos graves eleitores,
E direi quem tu és, quem foram teus maiores.
Confia e vencerás. Que vitória e que festa!
Da tua vida nova a política... é esta:
Da rua ao gabinete, e do paço ao tugúrio,
Farás o teu papel, o papel de Mercúrio;
O segredo ouvirás sem guardar o segredo.
A escola mais rendosa é a escola do enredo.


MERCÚRIO

Sou o deus da eloquência: o emprego é adequado.
Verás como hei de ser na intriga e no recado.
Aceito a posição e as promessas...


CUPIDO

Agora,
Que a tua grande estrela, erma no céu, descora,
Que pretendes fazer, ó Júpiter divino?


JÚPITER

Tiro desta derrota o necessário ensino.
Fico só, lutarei sozinho e eternamente.

CUPIDO

Contra os tempos, e só, lutas inutilmente.
Melhor fora ceder e acompanhar os mais,
Ocupando um lugar na linha dos mortais.

JÚPITER

Ah! se um dia vencer, contra todos e tudo,
Hei de ser^A lá do Olimpo um Júpiter sanhudo!

CUPIDO

Contra a suprema raiva e a cólera maior
Põe água na fervura uma dose de amor.
Não te lembras? Outrora, em touro transformado,
Não fizeste de Europa o rapto celebrado?
Em te dando a veneta, em cisne te fazias.
Tinhas um novo amor? Chuva de ouro caías...

JÚPITER
(*mais terno*)

Ah! bom tempo!

CUPIDO

E contudo à flama soberana
Uma deusa escapou, entre outras — foi Diana.

JÚPITER

Diana!

CUPIDO

Sim, Diana, a esbelta caçadora;
Uma só vez deixou que a flama assoladora

O peito lhe queimasse — e foi Endimião
Que o segredo lhe achou do feroz coração.

JÚPITER

Ainda caça, talvez?

CUPIDO

Caça, mas não veados:
Os novos animais chamam-se namorados.

JÚPITER

É formosa? É ligeira?

CUPIDO

É ligeira, é formosa!
É a beleza em flor, doce e misteriosa;
Deusa, sendo mortal, divina sendo humana.
Melhor que ela só Juno.

APOLO

Hein?... Ah Juno!

JÚPITER

(*cismando*)

Ah Diana!ᴬ

MERCÚRIO

Cede, ó Jove. Não vês que te pedimos todos?
Neste mundo acharás por diferentes modos,
Belezas a vencer, vontades a quebrar,
— Toda a conjugação do grande verbo amar.
Sim, o mundo caminha, o mundo é progressista:

Mas não muda uma cousa: é sempre sensualista.
Não serás, por formar teu nobre senhorio,
Nem cisne ou chuva de ouro, e nem touro bravio.
Uma te encanta, e logo à tua voz divina
Sem mudar de feições, podes ser... crinolina.
De outra soube-te encher o namorado olhar:
Usa do teu poder, e manda-lhe um colar.
A Constança uma luva, Ermelinda um colete,
Adelaide um chapéu, Luísa um bracelete.
E assim, sempre curvado à influência do amor,
Como outrora, serás Jove namorador!

CUPIDO
(*batendo-lhe no ombro*)
Que pensas, meu avô?

JÚPITER
Escuta-me, Cupido.
Este mundo não é tão mau, nem tão perdido,
Como dizem alguns. Cuidas que a divindade
Não se desonrará passando à humanidade?

CUPIDO
Não me vês?

JÚPITER
É verdade. E, se todos passaram,
Muita cousa de bom nos homens encontraram.

CUPIDO
Nos homens, é verdade, e também nas mulheres.

JÚPITER

Ah! dize-me, inda são a fonte dos prazeres?

CUPIDO

São.

JÚPITER

(*absorto*)

Mulheres! Diana!

MARTE

Adeus, meu pai!

OS OUTROS

Adeus!

JÚPITER

Então já? Que é lá isso? Onde ides, filhos meus?

APOLO

Somos homens.

JÚPITER

Ah! sim...

CUPIDO

(*aos outros*)

Baleado!

JÚPITER
(*com um suspiro*)

Ide lá!
Adeus.

OS OUTROS
(*menos Cupido*)
Adeus, meu pai.

(*Silêncio*)

JÚPITER
(*depois de refletir*)
Também sou homem.

TODOS

Ah!

JÚPITER
(*decidido*)
Também sou homem, sou; vou convosco. O costume
Meio homem já me fez, já me fez meio nume.
Serei homem completo, e fico ao vosso lado
Mostrando sobre a terra o Olimpo humanizado.

MERCÚRIO
Graças, meu pai!

CUPIDO
Venci!

MARTE
(*a Júpiter*)
A tua profissão?


APOLO
Deve ser elevada e nobre, uma função
Própria, digna de ti, como do Olimpo inteiro.
Qual será?


JÚPITER
Dize lá.


CUPIDO
(*a Júpiter*)
Pensa!


JÚPITER
(*depois de refletir*)
Vou ser banqueiro!


(*Fazem alas. O Epílogo atravessa do fundo
e vem ao proscênio.*)


EPÍLOGO
Boa noite. Sou eu, o Epílogo. Mudei
O nome. Abri a peça, a peça fecharei.
O autor, arrependido, oculto, envergonhado,
Manda pedir desculpa ao público ilustrado;
E jura, se cair desta vez, nunca mais
Meter-se em lutas vãs de numes e mortais.
Pede ainda o poeta um reparo. O poeta
Não comunga per si na palavra indiscreta

De Marte ou de Proteu, de Apolo ou de Cupido.
Cada qual fala aqui como um deus demitido;
É natural da inveja; e a ideia do autor
Não pode conformar-se a tão fundo rancor.
Sim, não pode; e, contudo, ama aos deuses, adora
Essas lindas ficções do bom tempo de outrora.
Inda os crê presidindo aos mistérios sombrios,
No recesso e no altar dos bosques e dos rios.
Às vezes cuida ver atravessando as salas,
A soberana Juno, a valorosa Palas;
A crença é que o arrasta, a crença é que o ilude
Neste reverdecer da eterna juventude.
Se o tempo sepultou Eros, Minerva, e Marte,
Uma cousa os revive e os santifica: a arte.
Se a história os dispersou, se o Calvário os baniu,
A arte, no mesmo amplexo, a todos reuniu.
De duas tradições a musa fez só uma:
David olhando em face a sibila de Cuma.

Se vos não desagrada o que se disse aqui,
Sexo amável, e tu, sexo forte, aplaudi.

# Nota da edição de 1866

O antepenúltimo verso que o Epílogo recita:

DAVID OLHANDO EM FACE A SIBILA DE CUMA,

é tradução de um verso, com que o marquês de Belloy fecha um dos seus belos sonetos:

EN REGARD DE DAVID LA SIBYLLE DE CUME,

o qual é paráfrase daquele hino da Igreja:

TESTE DAVID CUM SIBYLLA.

# Notas sobre o texto

p. 27   A. Foi excluída a vírgula.

p. 35   A. Na edição de 1866, "providas", grafado como "próvidas" por Faria e Marinho, seguidos aqui.

p. 38   A. Foi inserido o ponto de exclamação.

p. 61   A. Na edição de 1866, "Marte".

p. 71   A. Essa construção com "vás", hoje pouco usual, é frequente nos escritos de Machado de Assis e por esse motivo foi mantida nos textos em versos.

p. 75   A. Ver nota anterior.

p. 78   A. Foi acrescentada a palavra "ser".

p. 79   A. Foi inserido o ponto de exclamação.

# Sugestões de leitura

FARIA, João Roberto. *Ideias teatrais: O século XIX no Brasil*. São Paulo: Perspectiva, 2001.

LOYOLA, Cecília. *Machado de Assis e o teatro das convenções*. Rio de Janeiro: Uapê, 1997.

MAGALHÃES JÚNIOR, Raimundo. *Vida e obra de Machado de Assis*. 2. ed. rev. e ampl. pelo autor. Rio de Janeiro: Record, 2008. v. 1.

MASSA, Jean-Michel. *A juventude de Machado de Assis, 1839-1870: Ensaio de biografia intelectual*. 2. ed. São Paulo: Ed. Unesp, 2009.

PEREIRA, Lúcia Miguel. "Machadinho". In: _____. *Machado de Assis (Estudo crítico e biográfico)* [1936]. 6. ed. Belo Horizonte: Itatiaia; São Paulo: Edusp, 1988, pp. 88-106.

PINTO, Nilton de Paiva. "Machado de Assis sobre *Os deuses de casaca*". *Machadiana Eletrônica*, Vitória, v. 5, n. 9, pp. 221-32, jan./jun. 2022. Disponível em: <periodicos.ufes.br/machadiana/article/view/36021>. Acesso em: 24 mar. 2023.

SOUSA, José Galante de. *O teatro no Brasil*. Rio de Janeiro: Instituto Nacional do Livro, 1960. 2 v.

TORNQUIST, Helena. *As novidades velhas: O teatro de Machado de Assis e a comédia francesa*. São Leopoldo: Ed. Unisinos, 2002.

VIEIRA, Anco Márcio Tenório. "Machado de Assis e o teatro nacional". *Revista USP*, São Paulo, n. 26, pp. 182-94, jun./jul./ago. 1995.

_____. "A crítica teatral de Machado de Assis". *Luso-Brazilian Review*, Madison, v. 35, n. 2, pp. 37-51, inverno 1998.

_____. "Alguns aspectos de metalinguagem no teatro de Machado de Assis". *Revista Graphos*, João Pessoa, v. 12, n. 1, pp. 119-34, 2010. Disponível em: <periodicos.ufpb.br/index.php/graphos/article/view/9858>. Acesso em: 23 ago. 2021.

# Índice de cenas

Os deuses de casaca . . . . . . . . . . . 21

[Nota preliminar] . . . . . . . . . . 25

Cena I . . . . . . . . . . . . . . . . . 32

Cena II . . . . . . . . . . . . . . . 35

Cena III . . . . . . . . . . . . . . . 37

Cena IV . . . . . . . . . . . . . . . 41

Cena V . . . . . . . . . . . . . . . 45

Cena VI . . . . . . . . . . . . . . . 46

Cena VII . . . . . . . . . . . . . . 51

Cena VIII . . . . . . . . . . . . . . 54

Cena IX . . . . . . . . . . . . . . . 60

Cena X . . . . . . . . . . . . . . . 64

Cena XI . . . . . . . . . . . . . . . 66

Cena XII . . . . . . . . . . . . . . 70

Cena XIII . . . . . . . . . . . . . . 76

Nota da edição de 1866 . . . . . . . 87

## FUNDAÇÃO ITAÚ

PRESIDENTE DO
CONSELHO CURADOR
Alfredo Setubal

PRESIDENTE
Eduardo Saron

## ITAÚ CULTURAL

SUPERINTENDENTE
Jader Rosa

NÚCLEO CURADORIAS E
PROGRAMAÇÃO ARTÍSTICA

GERÊNCIA
Galiana Brasil

COORDENAÇÃO
Andréia Schinasi

PRODUÇÃO-EXECUTIVA
Roberta Roque

AGRADECIMENTO
Claudiney Ferreira

## TODAVIA

TRANSCRIÇÃO DE TEXTO
Fernando Borsato dos Santos

COTEJO E REVISÃO TÉCNICA
Marcelo Diego

LEITURA CRÍTICA
Luciana Antonini Schoeps

CONSULTORIA
Paulo Dutra

ASSISTÊNCIA EDITORIAL
Gabrielly Alice da Silva
Karina Okamoto
Mario Santin Frugiuele

PREPARAÇÃO
Huendel Viana

REVISÃO
Erika Nogueira Vieira
Jane Pessoa

PRODUÇÃO EDITORIAL E GRÁFICA
Aline Valli

PROJETO GRÁFICO
Daniel Trench

COMPOSIÇÃO
Estúdio Arquivo
Hannah Uesugi

REPRODUÇÃO DA PÁGINA DE ROSTO
Nino Andrés

TRATAMENTO DE IMAGENS
Carlos Mesquita

© Todavia, 2023
© *organização e apresentação*,
Hélio de Seixas Guimarães, 2023

Todos os direitos desta edição
reservados à Todavia.

Este volume faz parte da coleção
Todos os livros de Machado de Assis.

Dados Internacionais de Catalogação
na Publicação (CIP)

Assis, Machado de (1839-1908)
    Os deuses de casaca : Comédia / Machado de
Assis ; organização e apresentação Hélio de Seixas
Guimarães. — 2. ed. — São Paulo : Todavia, 2024.
(Todos os livros de Machado de Assis).

    Ano da primeira edição original: 1866
    ISBN 978-65-5692-633-9
    ISBN da coleção 978-65-5692-697-1

    1. Literatura brasileira. 2. Teatro. I. Assis,
Machado de. II. Guimarães, Hélio de Seixas. III. Título.

CDD B869.2

Índice para catálogo sistemático:
1. Literatura brasileira : Teatro B869.2

Bruna Heller — Bibliotecária — CRB 10/2348

**todavia**

Rua Luís Anhaia, 44
05433.020  São Paulo SP
T. 55 11. 3094 0500
www.todavialivros.com.br

As edições de base que deram origem aos 26 volumes da coleção Todos os livros de Machado de Assis oferecem um panorama tipográfico exuberante, como atestam as páginas de rosto incluídas no início de cada obra. Por meio delas, vemos as famílias tipográficas em voga nas oficinas de Paris e do Rio de Janeiro, no momento em que Machado de Assis publicava seus livros. Inspirado por esse conjunto de referências, o designer de tipos Marconi Lima desenvolveu a Machado Serifada, fonte utilizada na composição desta coleção. Impresso em papel Avena pela Forma Certa.